AF599661

.... Que cada fase de la Luna, que la despertó, mantenga siempre viva mi poesía....

DIRÉ AL SOL QUE NO APAREZCA

JOSÉ MARÍA CASUSO LÓPEZ

Autor:
José María Casuso López
Registro de la Propiedad Intelectual de la J.A: 04/2023 /3970

Fotografía portada:
Mary Segovia Canalejo
(Playa del Patricia - Torreguadiaro Cádiz)

Elaboración portada:
Andrés Beffa García

ISBN: 978-84-19926-91-3
Depósito Legal: GR 127-2024

Imprime: Lozano Impresores S.L.
Distribuye: TORRES EDITORES
Tel.: 958 80 05 80 - Fax: 958 29 16 15
www.torreseditores.com
info@torreseditores.com

BIOGRAFÍA

JMCasuso – José María Casuso López - es un maestro jubilado que, a lo largo de 40 años dedicados a la docencia, ejerció su labor en centros educativos de varias localidades: San Enrique de Guadiaro (Cádiz), El Secadero-Casares (Málaga), Estepona (Málaga), San Martín del Tesorillo (Cádiz) – su pueblo natal – y finalmente Cogollos Vega (Granada). En esta localidad sus alumnos de Lengua y Literatura del IES Emilio Muñoz le animaban cada año a escribir un Libro de Poemas.

Si bien éste es su primer libro editado, ocasionalmente José María compuso poemas en momentos relevantes de su vida: ***A MI MAESTRO,*** escrito en 1999 con motivo de un homenaje realizado por los alumnos a su maestro Juan José Navarro Lara. ***ATRÉVETE***, compuesto en 2010 con motivo de la celebración del Día Internacional contra la Violencia de la Mujer y **GRACIAS, PEQUEÑA**, en 2011, inspirado mientras contemplaba una foto de su primera nieta en la pantalla del ordenador.

Como buen gaditano, de sangre cántabro/malagueña, también compuso muchas coplas de Carnaval para sus alumnos del Colegio de San Martín del Tesorillo, llegando a dirigir tres Chirigotas para las que compuso sus repertorios.

En los años 2021 y 2022, circunstancias familiares le llevaron a tener que desplazarse desde su lugar de residencia en Granada hasta la vecina ciudad de Almería. Fue precisamente allí donde su musa contenida afloró, comenzando a escribir poemas que posteriormente, ya en Granada, incrementó en número y recopiló dando lugar al presente relato de amor en verso.

ATRÉVETE
Recita: Rosi Estorach Escurriola

GRACIAS, PEQUEÑA
Recita: Claudia Ibáñez Casuso

PRÓLOGO

Si bien el amor es el sentimiento más omnipresente en la expresión poética, el hecho de que también aparezca en este relato en verso como hilo conductor del mismo, en mi opinión no debería suponer, a priori para sus lectoras y lectores, que por ello vaya a ser rutinario o trivial su contenido.

Se trata de una peculiar historia de amor en verso con un único protagonista que lo vive, lo disfruta y lo padece en la más absoluta soledad e intimidad, con el apoyo imprescindible de La Luna, su Musa y amiga inspiradora. Musa amiga que en ocasiones se solapa y se confunde entre los versos como tal con la verdadera artífice de su inspiración: su lejana persona amada. Su voz, su figura y su ser, siempre latentes en los recuerdos, ocupan sus noches y mañanas, inspirándole un sin fin de versos que le dedica con candor, cargados de pasión contenida... y amor, con un ineludible deseo de transformarlos en una realidad para ambos.
La distancia física entre ellos y un conglomerado de trabas sociales se encargarán de dificultar sus deseos hasta la extenuación de sus fuerzas, con altibajos en su estado de ánimo que se ven reflejados con belleza poética a lo largo de líneas y versos cargados de romanticismo.

Así pues, los sueños, el amor y las noches con lunas y estrellas, también el sol, los veremos siempre presentes a lo largo de este ameno relato. Una experiencia lectora para todas las edades que intrigará a jóvenes, adultos y, cómo no, a nuestros mayores. Vivencia romántica, rondando lo platónico, que sin duda habrá sido vivida en algún momento y lo será por muchas personas.

En definitiva, una peculiar historia plasmada en las sencillas lineas de sus poemas y textos en prosa, acompañadas por una exquisita musicalidad, que transforman su lectura en un tentador deleite para el lector/lectora.

Remedios Ramos Floria
Maestra

A MI MAESTRO
Recita: Remedios Ramos Floria

Vídeos realizados por
Rosi Estorach Escurriola

A mis alumnos y alumnas, peques y adolescentes, con los que participé en la maravillosa senda de su educación y de la poesía durante mis 40 años como docente.

AGRADECIMIENTOS

A mi familia y a mis amigos y amigas por la ilusión que me aportaron desde los comienzos y a cuantos colaboraron en poder hacer realidad esta mi primera andadura literaria.

Muy especialmente a Ana, mi mujer, por soportar los avatares de tantas de mis horas en "la luna" absorbiendo las nuestras.

Y finalmente a Pablo Alborán... él no sabe por qué.

LA LUNA CONMIGO Y YO CON ELLA

Contemplo su figura y su luz me hace versar
sobre Ella y sobre el amor que nos alimenta.

¿UN ASTRO MÁS?

Sorprende que sea el astro más cercano
y aún sea tan desconocida.

Hay quienes piensan en la Luna
como un astro más.
Como algo que va y viene.
Como algo que viene y va...
¡Y qué equivocados están!

Sin sus cuatro lunas,
desde Nueva a Llena.
Sin las más bellas:
Gélidas y De Sangre...

¡¡Cuántas alegrías,
cuántos desaires,
cuántas penas,
Cuántos amores...
Todos a la cuneta!!

Dejados a su aire,
sin consuelo ni respaldo,
abatidos en el desamparo
de otro mundo inhumano.

¡¡Que no, que la luna no es
ni fue, ni será, un astro más!!

NO PUEDE PASAR

Que no se muera el amor.
Que mi Luna se apagará.
Que ella es guarda de todos:
deseados, añorados, frustrados,
de niños, de madres...
¡De abuelos!

¡Que no los abandonará!
¡Que con ellos se marchará!

Y aunque el Sol,
su amor eterno,
lo intentara evitar,
sería en balde su esfuerzo.
¡Que ella... también se irá!

¡Que no se apague el amor!
¡¡Que no, que no puede pasar!!

AQUELLOS AÑOS DORADOS

Los mejores momentos de la juventud
disfrutan de un hueco eterno en los recuerdos.

Entre nubes fisgaba Ella
buscando ser vista en la tierra.

Largos meses de nubarrones
la ocultaban a los amores
que deseosos la buscaban
para alimentar sus ilusiones.

Noches en las esquinas
o en los dinteles de puertas.
Abrazados muy juntitos
para salvar las goteras.

Mirando al cielo cubierto
de nubes y sin estrellas.
Y sin la Luna, fiel testigo
de sus abrazos y sus peleas.

Peleas que reforzaban
su amor y total entrega…
Y Volvían al otro día
como si nada ocurriera.

¡ Cosas de chicos y chicas
de otra inolvidable época !

SAL, FUEGO Y ARENA

Gemido seco de mar
que se pierde en la montaña
bajo una Luna estrellada
que otea desde su cuna
los arcos de la ensenada.

Verde sierra y verde playa
que el crepúsculo ensombrece
y vuelve de oscuro verde
hasta el devenir del alba.

Querer de cuerpos empapados
de sal, fuego y arena.

Amor henchido entre arbustos
que tiemblan dando señales
de caricias y romances
que avivan unos chavales.

Panorama añorado,
de felices momentos
que, por mucho que lo intento,
no despiertan mis sueños
para vivirlo a su lado.

Verde sierra, verde playa...
¡Revivir de las ensenadas!

MAESTRA EN AMORES

Aquellos coqueteos...
¡Añorados deseos!

Hoy no está la luna
en el olivar.
Vienen muchos truenos,
y se va a asustar.
Sus amigas nubes
la han tapado ya.

¡Vamos niña, corre!
¡Busquemos un refugio!
¡Te vas a mojar!

Y qué más da,
sí estoy aquí contigo...
¡qué me va a pasar?

Él la cobija en su abrazo.
Ella se deja abrazar.

La Luna, astuta en amores,
les acaba de susurrar
sueños adolescentes,
que dejan su infancia atrás.

¡Y la astuta, los vio coquetear!

CONSUELO

Dos corazones unidos
en feliz noche estelar,
la luna observa de lejos
sin quererlos alertar.

¡Envidia que siente ella
al poderlos contemplar!

¡Su Amor, distante y radiante,
nunca la logra abrazar!

A diario cotillea los
de los que nocturnos van,
disfruta con sus besos
y en ellos.. encuentra la paz.

¡Consuelo que siente ella!

QUIERO CONTAR

Hoy quiero contar del amor
que también lo veo en las estrellas.
Cuando las nubes se alejan.
Cuando la Luna me deja.

Ella gira lenta al paso
para que el Sol la proteja,
y se apaga a nuestra vista
para que más reluzcan…

¡ Ellas !

Que del amor son garantes
de su existencia en la tierra.

Son del amor vigilantes.
Lo llevan a todas partes.
Y cuando el alba se las lleva
el Sol, estrella, las releva.

¡El amor presente día y noche,
siempre tras una estrella!

Y el mío, en mis sueños…

¡Con la Luna como bandera!

LUNA NUEVA

Está mi Luna hoy triste
porque no puede brillar.
Su Amor, oculto esta noche...

¿No la quiere iluminar?
¿Se habrá marchado con otra...
otra luna sideral?
O será con otra estrella...

¡Sí, de esas que relucen más!
Como se ven más de cerca
lo podrían enamorar.

Su tristeza me entristece.
Mi musa tampoco está.
Sin verla no tengo sueños,
no lo puedo soportar...

Y tanta angustia me invade
que ni dormir puedo ya.

¡Lunita, no estemos tristes,
verás como volverá!

La Tierra le tira mucho…
¡No nos puede abandonar!

Soñar despierto es sonar de veras.

NACE EL AMOR

Sólo con el corazón se puede ver bien,
lo esencial es invisible a los ojos.

ANTOINE DE SAINT-EXUPÉRY

MUSA

Como pompas de algodón,
en esta Luna estrellada,
viajan albicelestes nubes
acompañando a mi amada.

Ella, que acompaña mi poesía
desde la noche hasta el alba.
La que hace brotar mis versos
sin pedirme a cambio nada.

Ella, que sabe de mi pena
y me ayuda a sobrellevarla.
La que sabe bien de amores
y me guía en "nuestra hazaña"

Ella, que sabe que la quiero
y pone consuelo en mi alma.
Consuelo que me sustenta
y me conforta hasta el alba.

¡Ella, mi Luna, mi Musa anhelada!

VELANDO

Inolvidable noche lunar
con el cielo pleno de estrellas.
Ella no se lucía tanto...
¡Para que brillaran ellas!

Y los dos allí velando...
¡Tanto destello y belleza!

Estrechamos nuestras manos,
después nos acariciamos,
nos besamos, nos amamos
y fundimos nuestros cuerpos
contemplando y contemplando.

Y es que hoy mi Luna, soñando...
¡Hizo un hueco a las estrellas!

SOÑANDO EN LA ESPERA

Hoy la Luna, con gafas y vetusta como mi vida de años - mis setenta y tantos también han debido hacer mella en ella - abre una noche más su Libro de Sueños.

Las estrellas, fieles compañeras, han salido a acompañarla. A la par… cansado y rendido, y tal vez arrepentido por el sobrecalentamiento estival que sus rayos han perpetrado hoy en la Tierra - dependiente compañera- su Sol acaba de retirarse a descansar.

Al momento... reclama su sitio en tan ensoñadora estampa de esta noche veraniega una densa niebla que, atenuada por la luz de dos oportunas farolas, la engalana permitiendo a la vez que yo pueda vislumbrar la sutil belleza de una danza ilustrada por la silueta de una esbelta y grácil joven. Un ámbito ilusionante y motivador que, desde ésta también cansada ventana de mis sueños, me provoca pensar que estás cerca.

Y aquí me tendrás y me encontrarás, soñando en la espera, con anhelos de tu presencia, con la ilusión de que aparecerás... Inmerso en este húmedo fuego que azota el entorno y que me englobará irritador hasta que el inexorable sueño gelifique mis ardientes párpados y me traslade a sucumbir en mi almohada con la esperanza onírica de encontrarte en ella.

¡Maldita distancia!

POCO Y MUCHO

Cuando pienso en la Luna
y en su cercana lejanía,
lo mucho me parece poco,
lo poco me aleja más todavía.

Lo mucho es poco
si estoy a su vera.
Y lo poco mucho
cuando me besa.

Aunque sea al aire...
o en la mejilla,
O solo su aliento
mientras me mira.

Y si al saludarnos,
por feliz azar,
sus labios se rozan
contra los míos...
enrojezco de pudor,
se altera mi corazón,
maldigo los prejuicios,
me contengo y ...
¡Sigo en mi suplicio!

¡Cuánto me entristece su lejanía!

ELLA

Otra noche más... ¡lunada!
con su devenir de estrellas,
que yo paciente disfruto
con mis recuerdos de ella.

Las noches se me hacen días
por la luz que ellas reflejan.

Como una esponja soy yo,
absorbiendo cuan belleza
que da luz a mis noches
y me invita a versar con Ella.

Con Ella empiezo mis noches.
Con Ella recibo el alba.
Y verso a verso encuentro
el disfrute en mis madrugadas.

Ella, el consuelo fiel
de mi sufrir por su distancia.

AMOR DE DOS

Qué pronto llegan las noches.
Los días qué rápido pasan
Y mi amor... ¡qué perdío
entre lo quimérico y la distancia!

Nunca existió distancia
para perderse el amor,
ni imposibles que lo maten
cuando pertenece a dos.

¡Qué soledad que provocan!
¡Qué inmenso deseo alientan!

Quimera y distancia unidas
no matan sino refuerzan...
¡Mi amor noches tras días!

¡Y la Luna, siempre alerta!

Confidente de mi amor,
cómplice de mis noches,
artífice de mi sueños
y guardiana de mis ilusiones.

QUE ME LLAME

Rizada, estrellada...
!!Rimbombante!!
Con carita alada
de joven amante.

Mi Musa lunar,
con figura de Ángel,
fulgura estelar
para saludarme.

Que no se duerma, Luna lunera.
Que me llame un ratito.
Que me cuente cosas bellas.

De las de siempre... de esas,
las que alimentan mis sueños
mientras que el alba llega.

La Luna, eterna astuta y ufana,
con su reflejar tras la ventana...

¡ Ilustró su móvil !

GRIS

Qué gris y lenta Ella...
¡Y qué rápida la vida!
Que día que noche.
Que noche que día.

¡Y qué pronto!
¡Qué pronto viene
y pasa otro día!

Y aunque días
vengan y pasen,
pasen y vengan días,
yo la seguiré mirando,
persistiré soñando
y ansiaré esperando
esa lograda noche...
¡en que será mía!

Que día que noche.
Que noche que día.
Lenta, gris y tan lejos...
¡y ella, tan perdía!

DESEO

En esta noche de Luna llena
que mima a sus estrellas,
contemplando colosal belleza,
fluyen mis deseos...para ella:

Deseo que sea tan feliz
como lo representa.

Deseo que ame la vida
por mal que la cuide a ella.

Deseo que sienta mi amor
aunque no lo sienta...

Deseo que vea y que sienta
que vivo loco por ella.

Y… deseo que desee,
que desea en sus deseos,
desear que yo aparezca...

¡Pa decirle que la quiero!

SIENTO

¡No sé qué me pasa!
Es que la leo y la siento.
La escucho, desvarío...
y después lo siento.

Despierta mi musa,
la que heredé de mi ancestro.
Y me pongo a versar...
sin parar, sin pensar.
¡Con miedo a lo que siento!

Y, muy tal vez por eso...
me refugio en mi luna,
la suya, la que me da aliento.
La que a esperar me anima,
a soñar, a anhelar y a versar
todo lo que ella me inspira.

¡Todo lo que por ella siento!

NO PUEDE SER

Necesito escucharla.
¡Quién a la vez pudiese
junto a mí tenerla!

Ella y mi Luna.
Mi musa y Ella.

Ambas jugando conmigo.
Y yo mirando mi ombligo,
en este inmenso bosque,
con un gran árbol delante
que ni me deja ver...
¡lo inmenso que es!

La atracción, el deseo...
¡el amor!
son tan grandes que,
por mucho que lo desee,
lo destierro de mi mente...
¡de mi ser!

Y luego vuelvo al principio…

¡Este amor no puede ser!

CREPÚSCULO Y ARENA

No existe plante al amor
que no provoque dolor.

Al pobre se le ve mustio en el crepúsculo...tal vez porque su amada le dio plante a su invitación para un playero Baile Real. Tras él continuaría una noche de intenso amor, inmersos en la sutil y ardiente arena de tan soñadora y solitaria playa.
Desesperado bate su cola de rabia, conformando un corazón de arena invitando al sol a iluminarlo con sus últimos rayos de luz tierna.
Angustiado ve llegar la noche sin ella a su vera, temeroso de que aparezca la Luna sin tenerla cerca en esta soñada noche en que esperaría el alba junto a ella...
¡Su reina, su amor de verano en primavera!
Y yo aquí, contemplándolo expectante y soñando que aparezcas... reluciente y lisonjera.
¡Tú, mi Musa de noches luneras!

¡¡Una vez más… no apareces!!

ACERCAMIENTO

Mi Luna me mantiene despierto para pensar en ti,
y me deja dormido para soñar contigo.

NO DESFALLEZCAS

Qué solitaria esta Luna...
¡Pero linda como ninguna!

Ni una estrella la acompaña
Ni un velero, ni una ola
en su mar en calma.

Y tú, tanto como ella...
bella por dentro y por fuera,
radiante, impresionante,
colmada de colorido
y admirada por tu mundo...

¡El de tus hijas y tus hijos!

No te hundas jamás
porque nadie esté contigo.
Sigue firme en tu cometido,
el que te marcaste, sin temores,
apartándote de errados amores.

¡Nunca desfallezcas!
Tienes a tu gente...
¡Están todos contigo!

Y si con la vida te rozare el amor...
No lo pienses, no lo dudes.
Ella es sólo tuya...¡Vive!

LUNA SOBRE TU MANO

Luz en tu mano brillante
destellando tu belleza.
La de dentro y la de fuera,
la de otrora y la de ahora,
la frustrada...

¡La triunfante!

¡La siempre abnegada
y fulgurante!

Y la Luna, dormitando,
quiere aparecer dormida...

¡Para que luzcas más,
para premiar tu huida!

Con valor y tu coraje
dejaste atrás una parte.

¡La frustrante!

¡La única salvable!

¡Ella conoce muy bien
los saltos que dan las vidas!

MI LUNA Y SU SOL

Luna y Sol lucen juntos
en este crepúsculo solar
que despierta mi hábil musa
y mi alma hace temblar.

¡Olé su sol que la ilumina
estando y cuando no está!
Nunca la pierde de vista
con lo distantes que van.

Y yo aquí también distante,
en distancia y no pensamiento,
loco por acercarte, abrazarte...
¡Y decirte lo que siento!

Un abrazo tierno y sincero.
Que te diga sin decirte
todo lo que yo te anhelo.

Él ya se marcha lento.
Ella torna a reluciente.
La noche se hace día,
el día se oscurece...
¡Y tú no apareces!

Mi Luna y su Sol...
¡Tú, la distancia y yo!

CAUSA PERDIDA

Maldita distancia que nos separa,
paciente Luna que me consuela,
noche a noche con su presencia,
y con el Sol en su ausencia.

Noche tras noche, día tras día
consumo tiempo y tiempo
sin esperanza, sin salida.

Anhelando que llegue la noche,
aunque tras ella llegue un día
que rutinas tras rutinas
nos aleja, me margina.

Con la sombra vuelve la Luna
y rebrotan musa y poesías,
que alimentan mi pasión
con rimas y melodías.

¡Yo presiento que esto mío
será volátil... una causa perdía!

MI REFUGIO

Los dos solos solos.
Yo acompañado.
Tú sin compañía.
Y la vida pasando...

¡Mi vida que no es vida!

Compartiendo lunas de sueños
en nuestras noches frías.
Y lindos deseos matutinos
que alegran mis días.

Las estrellas, tu voz,
un barco, una luna llena,
o menguante...¡O de fuego!
cualquier excusa es buena
para despertar lo que quiero...

¡Pensar en ti para sacar mi verso!

Y así seguimos y continúan
nuestras vidas en monotonía,
año a año, mes a mes,
hora a hora, día a día...

¡Mi refugio... tu poesía!

TU VELA

Vela que vela tus sueños
y la quieres compartir,
no lo hagas, mujer...
¡Guárdala para ti!

No será egoísmo...
tu proceder.
¡Cada cual tendrá la suya,
mujer!

Hay muchas y más...
y cada amor pedirá
la suya para cada cual.

¡No la compartas...
mujer!

Te la devuelvo,
no te enfades,
esperaré un ratito

……...

¡Ya la tengooo!

¡Fuiste tú?

LAMENTO

La noche y el día.
El día y la noche.
Corren tras el otro
sobre el sotobosque.

El sol lo ilumina.
La luna suspira.
Porque va detrás
y nunca lo pilla.

Unos días media.
Otros días llena.
Y sin danos cuenta
se oscurece ella.

Nos deja sin luz,
sólo con estrellas.
Y cuando hay nubes...
¡la noche es eterna!

Y yo, aquí sólo.
Sin vernos siquiera.
Tú palmera, yo fresno.
Con mis sueños,
con nuestras penas...
¡Y la distancia puñetera!

¡Que vuelva ya el sol!
¡Que la luna venga!

VERTE Y NO PALPARTE

Un amor no correspondido
en la cercanía,
es una Luna sin el Sol
que la despierte al alba,
que la ilumine en los crepúsculos,
día tras día.

Verte y solo palparte,
tan sólo con la mirada,
es para mí un suplicio
que martiriza mis mañanas,
que mis noches hace eternas,
solos yo y mi almohada.

Si yo tuviera la clave
de tus ojos cerrados,
los abriría un momento,
para que me vieras por dentro,
para que sintieras lo que siento
por no vivir a tu lado.

Los abrieras y me vieras,
Los cerraras y me vieras,
Los abrieras y me miraras...
¡ Juntos en mi almohada !

DIRECTOS AL CORAZÓN

Quiero ser parte de tus labios, de tu piel, de tu fuego…
ser diana de tu mirada, de tu sonrisa, de tus caricias.
¡Ser tu realidad de vivir!

CALMA TENSA

Me tranquiliza notar que Ella está ahí...
aunque no mire.

En un barquito contigo
navegando por la mar,
mar sombrío en calma tensa
y amor de fuego sin igual.

Y con el despertar de gaviotas,
revoloteando tras el cristal
un camarote bendito
radiante de felicidad.

El mar siguió en calma.
¡Ni se atrevió a molestar!

La Luna, sabia amiga,
¡Lo aleccionó para ni rechistar!

NECESITO

Si es cierto que la necesidad obliga…
tu imposible la mitiga.

Para vivir en la oscuridad,
lo que no puedo en la luz,
necesito a las estrellas.

Necesito verte en una de ellas,
buscarte, atraparla y bajarla
a mi vera.

Y es que sin algo de tí
la llegada de la noche
me desespera.

Y necesito a la Luna...
¡Para ser de ti!

¡Mi musa, mi diosa,
mi entretela!

TU VOZ

Tu Voz alegra mis mañanas,
mis tardes, mis noches y...

¡anhelo la madrugá!

Vigorosa, alegre, culta...
Penetrante entra en mi ser
y enloquece mis deseos...

¡en la madrugá!

Tu Voz me atempera
me anima, me excita
y hasta me enloquece...

¡en la madrugá!

¡Dónde empieza el amor
y acaba el deseo?

NO TE APAGUES

Con sólo oírte un instante
alimentas mis sueños.

Tu conversación...
me pasma y
me anima y
me ilusiona y
me invita a soñar.

Si te apagas...
todo vuelve a la rutina
dentro de mí.

¡No me faltes!

SÓLO TÚ

Si la Luna me pidieras,
mi musa yo te daría,
para que como yo pudieras
expresar con tus poesías
lo de tu vida y la mía.

Ser sólo yo quien verse
para soportar mis penas,
no es justo y sí condena,
que me grita día tras día,
desde mi celda vacía...

que te quiero...
que te amo…
que te deseo...

¡Que tú...
ilusionas esta vida mía!

NO VERTE Y VERTE

Amor...¡qué soledad errante hasta tu compañía!
PABLO NERUDA

Si pensar en no verte...
Es para mí añorarte.
Es para mí soñarte.
Es para mí anhelarte,
Es para mí desearte...

¡Quererte...!

Tan sólo pensar en verte...
Es para mí mirarte,
acercarte, agasajarte,
camelarte, mimarte,
acariciarte...tenerte...

¡Vivirte!

¡¡Maldita distancia...!!

TRABAS

Las barreras sociales son
un lamento para el amor.

Luna de sangre y florida
que nos gusta contemplar,
yo aquí, tu allá...
en esta estampa sencilla
que me acabas de mandar.

Luna que nos une ansiosa
de que decidamos ya.

Que rompamos nuestras vidas,
prejuicios...sinsabores,
sentimientos de culpa,
angustias...frustraciones...

¡Trabas que impiden lo posible!

¡¡Lo mío con lo nuestro!!

MI LUNA PARA TI

Bajaré la Luna para ti.
Desde mi balcón al tuyo,
dejando el cielo oscuro
con mi anzuelo de marfil.

Con mi caña dorada
y mi amor añil...

Mandaré mi cielo a tu mar
salvando tu distancia
con mi fuerza para amar.

Llevaré mi corazón a tu alma
con mi dulce caña alada...

¡Para que te aporte calma!

Calma para amar.
Calma para soñar.
Calma para decidir.
Calma...

¡Para salvar las trabas
que hay entre ti y mí!

NO ME VALE LO QUE PIENSES

Me enamoré sin tenerte...
a diario cerca... frente a frente.
Con trabas añadidas que no,
no quiero que sepa la gente.

Te añoro como a nadie más.
Te deseo hasta reventar.
¡Te sueño cada noche lunar!

Tu voz me hizo pensar y
con cada luna tu recuerdo...
¡me invitó a versar!

Luna llena, nueva, ardiente,
da igual cual excusa para ...
¡que aparezcas en mi mente!

Ni me vale lo que pienses,
ni como sí o no lo veas ya.
Ni lo que opine la gente...
¡Yo te quiero y ya está!

A TU VERA

Esta noche es Luna Llena
y ya no soporto más.
La sangre se me envenena
si no me voy a tu vera...

¡Y te beso sin parar!

Hasta que el tiempo quiera.
Hasta que la Luna muera.
¡Y que Llena vuelva a estar!

Y es que este amor mío,
por imposible y lejano,
va a provocar en mi vida
el mayor de los desgarros.

¡Si no me voy a tu vera...
ya no sé ni lo que hago!

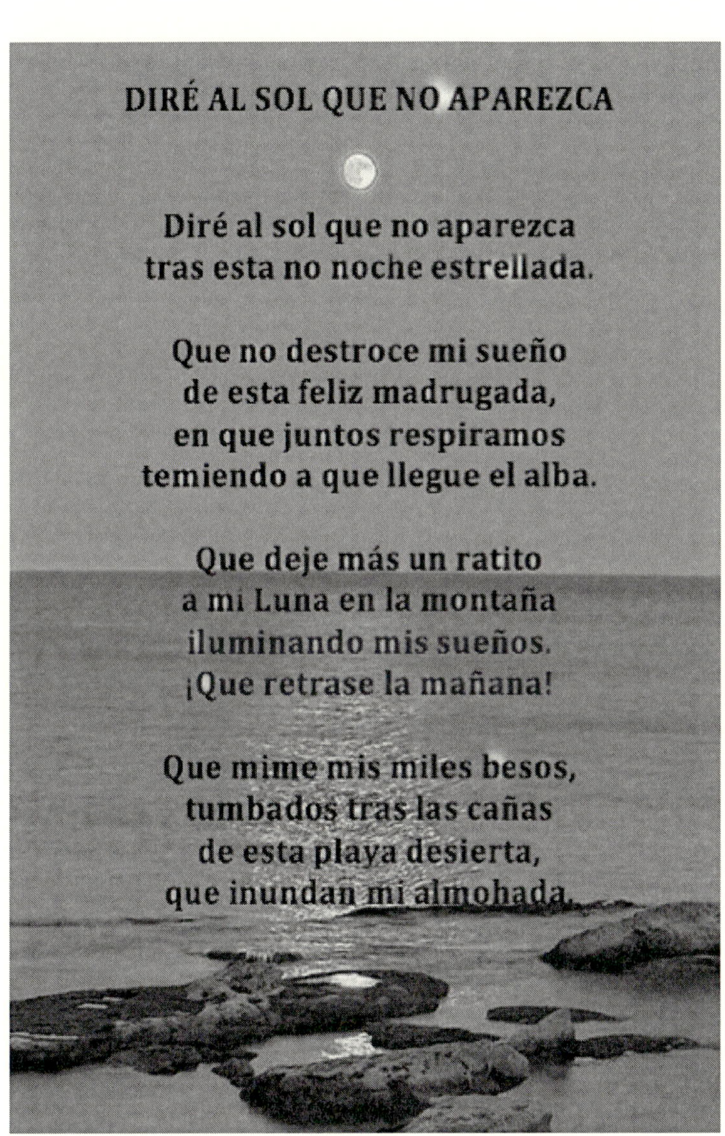

DIRÉ AL SOL QUE NO APAREZCA

Diré al sol que no aparezca
tras esta no noche estrellada.

Que no destroce mi sueño
de esta feliz madrugada,
en que juntos respiramos
temiendo a que llegue el alba.

Que deje más un ratito
a mi Luna en la montaña
iluminando mis sueños.
¡Que retrase la mañana!

Que mime mis miles besos,
tumbados tras las cañas
de esta playa desierta,
que inundan mi almohada.

SED DE TI

¡Con cuánta alegría
hoy recibo helados
con tus Buenos Días!
Ya primaverales...
Con intenso sol
y la Luna perdía.

¡Tú y Ella...
sustentos de mi poesía!

Mándame helados
cargados de amor,
que alegren mis días
también con el Sol.

Que sienta tus labios
con cada sorbo que dé.
Que alivien mis deseos...
¡Que palíen esta sed!

Yo, temprano como cada mañana,
mandaré un pajarillo a tu ventana,
No lo asustes y disfruta su canto,
y lanza un suspiro como reclamo.

Que lo refleje el Sol...
y se lo deje a la Luna
¡ pa que lo oiga yo !

DONDE NADA NOS MANDE

Loco loquillo
vivo yo los días
por no tener al lao
lo que me gustaría.

¡Una buena saca
con billetes grandes!

Para irnos juntos solos
donde nadie nos mande.

Y tú y yo cada día
allá en la lejanía.

¡Sin distancia!

Y tú y yo cada noche,
hechos un ovillo,
como dos chiquillos,
de amor eterno henchidos.

Y la luna que nos une
que no falte, que nos vea,
y siga alimentando sueños
Y con los nuestros...

¡Se entretenga!

RETOMANDO SUEÑOS

¡Ay, ansiada libélula bella,
por las noches me desvelas!

Sobre mi Luna soñarte
tan distante, tan segura,
y tan radiante de hermosura...

Paraliza mis sueños,
desatornilla mis pupilas,
da un vuelco a mi cama
y me lanza a mi ventana.

Allí, aturdido y expectante,
te busco sin encontrarte.

Sólo estrellas, no hay Luna.
¡No te veo, no estás!
Grito...
¡Te abandonó tu cuna?

Mi solitario lecho y mi susurro...
"No te apures, ven, tengo una"

¡Retoman mi sueño!

DESDE MI CELDA

Ojalá esta gélida luna llena,
que viene a mi ventana
con ardiente frío de hielo,
me traiga un sable que...
¡Ahogue mi voz de encierro!

Odio esta celda eterna
que me asfixia
sin poder abrazarte
con un te quiero.

Me mata el alma,
me hiere por dentro...
Y me hace gritar
que te quiero, en silencio,
a todos los vientos.

¡Aunque nadie me escuche!

¡¡Aunque me des por muerto!!

UNA NOCHE TÓRRIDA

...Y un verano de infierno el de este 2023

En esta noche, sin Luna, mi alma aparcada... y mi almohada un desierto vacío de sueños e intentos. Mi corazón...no duerme ¡le falta soñar a tu lado! Hacerlo contigo, enmarañados en perpetuos abrazos y besos hasta que un amanecer sin sol nos despierte.
Mi cuerpo... se estremece, retorciéndose con mi sabana, ansioso de ti para empapar mi lecho con el sudar de nuestro amor en esta tórrida noche de verano. Mis brazos... humedecidos con la ausencia de tu sentir ansiado, vagan como palpantes entre la nieve seca de mi lecho. Al unísono todo mi ser late en tu búsqueda... ¡y no apareces por más que lo intento!

¡VUELVE!

Vuelves cada noche.
Cada Luna regresas.
Inundas mi cerebro
y con el alba...

¡Me dejas!

Quiero alargar mis noches
pero el Sol no me deja.
Curarme de ti quisiera
pa que sin verte...

¡Me vieras!

Siento los días pasar.
Siento una pena ciega.
Siento por sentir siento.
Siento que tu no...

¡Me quieras!

Ya te miro, cuando te veo,
y tu mirada se aleja.

AL FIN ONIRONAUTA

Anoche me quedé dormido mirándola a Ella, pidiéndole insistente, como tantas veces, ser navegador de mi soñar…¡Ser onirolúcido, oniroconsciente, onironauta!
¡Por fin accedió a mi ruego! Tu imagen regresó como tantas veces en mis oníricas noches...y todo fue tan especial e inimaginable en aquel nuevo contexto para mis ensueños, con los que los años yendo se me van...
Yo, al fin, transformado en timonel de sueños, decidiendo hacia donde circularían los míos. Te imaginas? ¡Ser navegante en mis propios sueños? ¡Decidir el aquí y el allí...el cuando, el como y hasta el qué?
Ordené una noche plácida... de charla sosegada, de champán del mejor, de compartir sueños y revivirlos juntos - recuerdo aquel del barquito con resplandeciente luna y ella ordenando a la olas que ni chistaran, respetando nuestra paz de enamorado sudor - y, por supuesto, hablar de lo nuestro...de la inevitable distancia, de las malvadas trabas que lo impiden, de encontrar alguna respuesta al ardiente deseo de tu amor que ocupa mis días...
¿Qué cómo acabó al alba? Pues así, como siempre, más feliz y...diciendo al sol que no apareciera.
Pero él...¡ni caso!. Su primer destello se reflejó en el pálido cristal de mi ventana, abierta, y se estrelló sobre mis ojos que, aturdidos, me hicieron volver a nuestra realidad.
¡Una vez más, tú no estás!

¿SABES CUÁNDO NOS EQUIVOCAMOS?

Cuando estamos solos
y nos miramos sin hablar,
sin atrevernos a decir nada...

de lo nuestro.

Cuando miramos nuestros labios,
y no se atreven a avanzar
hasta fundirse formando parte...

de lo nuestro.

Cuando dejamos los días pasar,
y no hay una llamada excusada
que nos invite y obligue a hablar...

de lo nuestro.

Cuando no encontramos el día
en que romper distancia y trabas
que nos impiden alcanzar...

Lo tuyo y lo mío...
¡Lo nuestro!

¡Y nos equivocamos!

TU LUZ

Hoy es tu luz la que ilumina
mi ventana vacía de sueños...
¡de luna y de estrellas!

¡Mi musa que no me llega!

Me niego a dormir sin ellas,
me aferro a tu recuerdo y
prefiero quedarme en vela.

Hoy quiero verte sin mirarte.
Tenerte sin palparte.
Atraparte sin brazos.
Aguantarte sin fisuras...

¡Declararte sin trabas!

Mimarte con mis abrazos.
Agradarte con mis piropos.
Halagarte con mis caricias.
Aquietarte con mis suspiros.
Ilusionarte con mi voz.
Deslumbrarte con mis iris.

Envolviéndote sin que lo sientas.
¡Pero yo sintiéndote!

En definitiva, quererte,
sentirte cerca...
¡Seguir amándote!

AGOTAMIENTO HASTA LA EXTENUACIÓN

Nunca pensé que en la felicidad hubiera tanta tristeza
MARIO BENEDETTI

CADA VEZ MENOS

Es casi ley, los amores eternos son los más breves.
MARIO BENEDETTI

Cada vez menos y menos. Cada vez menos me basto con soñarte, con pensarte, con oírte, con hablarte, con en la distancia verte...
Con que en cada rincón de mi soledad y de mi pensar estés presente.
Con rebuscar en la Luna para palparte y acariciarte... !Y tenerte!
Tenerte por las mañanas, por las tardes, por las noches... y aturdirnos en los crepúsculos y las madrugadas temiendo al alba.
Así abrazados bajo la luz de la Luna, y sola Ella o acompañada de estrellas… observándonos con orgullo por haber mimado nuestro distante e imposible amor, alimentando mi musa y mi deseo por vivirlo con fervor hirviente cada noche.
Cada vez menos me conformo y cada vez más ansío dar el paso de gigante que necesito para volar hasta ti y que decidas si cerrar mi ventana o abrirla para siempre.

NI LA LUNA PUEE

No sé si podré decirle
que ya no la pueo queré,
que mi amor ya s'ha acabao...
¡Y no es por otra mujé!

Porque ni la Luna puee
salvar ya nuestro queré.

Ni por tiempo ni por ná...
que esta maldita distancia
ya no la pueo soportá.
Y hay otra cosa grande
que prefiero no contá.

¡Lástima de mi gitana
que la tenga que olvidá!

Que nadie tiene en la vida,
en el mundo del queré,
por mucho que lo desee…
¡Lo que no se pué tené!

IMPOSIBLE MARTIRIZADOR

En esta noche estrellada,
de vahos y con silencios,
de la ventana y mi almohada
deambulo con mi tormento.

Paciente...y esperanzado,
voy sembrando tu voz
en mi oído ya cansado.

Ilusionado... y conforme,
voy reflejando tu cara
en mi fiel musa lunada.

Deseoso, hábil... y ufano,
voy silueteando tu cuerpo
sobre el cristal ya mojado.

Y ya impaciente y exigente,
a mi Luna pido tu presencia
en un ensueño alucinante
que consuele tanta espera.

Hoy, si contra la Luna...
se estrellan mis voces
buscando tu amor,
aquí, en la Tierra...
mi imposible se torna
martirizador.
¡Presiento que al final acabaré rindiéndom

REFLEXIÓN

No exista reflexión que traiga
la perdida de un amor.

Destellante Luna... estela que orienta mi barca que navega raudo como una loca hacia tu espera junto a las rocas.

Centelleante y altruista faro que, en esta noche de mis sueños, una más de mi continuado universo, vuelve a ser la luz que los despierte y los dirija hacia ti, hacia lo nuestro

Fulgurante amor el que yo siento, ajeno y distante de tí pero sincero, que hasta hace arder mi sangre al contemplar mi Luna y sus luceros.

Paciente noche para mis anhelos, mis fracasos y mis desvelos. La quiero aprovechar, si puedo, para decidir si o no me quedo en este inamovible universo paralelo...

Radiante sol que ya acucia al alba fisgando tras mi vetusta ventana, y cuchichea con unas tenues nubes sobre la soledad de mi lecho.

Me despierto y, una vez más, regreso a mi realidad... la que ni sé ya si quiero.

SENIL CHIQUILLADA

Dentro de una burbuja soleada,
en esta noche de los tiempos,
espléndida y lejana... ¡mi Luna!

¡Mi Musa inesperada!

Y aquí, contemplándola afilada
en su medianía creciente,
me chirrían hasta los dientes
por no sentir… ¡Sentirte a ti!

Mi amor de lunas crecientes,
llenas, mermas y apagadas,
enloquece esta fría noche
en esta vil cárcel ardiente
que hoy me revienta el alma.

Mas la cordura me invade,
el hiriente fuego se apaga,
y regreso mustio a la realidad
de esta senil chiquillada
tan irrealizable como anhelada.

OLVIDARÉ LO NUESTRO

El que quiere arañar la luna…se arañará el corazón
F. GARCÍA LORCA

"...En nuestra Luna ..."

Allí... envueltos en polviarenas,
provocando trémulas estelas...

Yacen los sueños que ni te conté,
las noches enteras que no olvidaré,
las ilusiones perdidas que no alcanzaré...

¡El amor distante que acuné!

Me retiro, me doy por vencido.
Proseguir adelante ilusionado,
esperanzado... y esperando...

¡Ya no me sirve!"

Contribuiré, con mi indecisión,
a que sea olvidable el amor.

¡Olvidaré el nuestro!

¡¡Lo siento!!

EPÍLOGO

En todo amor equivocado...
subyace siempre un motivo para volver.

¿El desamor no cuenta?
¿Sigo en mi lucha?
¿No cedo al olvido?

Busco aliento en mi pena...
y esperanza en mi condena.

Aunque su frío me queme
y haya fuego en mi alma.
Aunque su miedo la atarace
y no se acerque a mi cama.
Aunque sea ocultado el sol
y no tenga noches lunadas.

Volverán mis "lunas musadas",
mis intentos frustrados,
mis sueños inacabados,
mis versos enamorados...

¡Y el renacer de mi amor
en tan ya eterna distancia!

ÍNDICE

LA LUNA CONMIGO Y YO CON ELLA

NACE EL AMOR

ACERCAMIENTO

DIRECTOS AL CORAZÓN

AGOTAMIENTO HASTA LA EXTENUACIÓN